AF877693

PIMPOLLO

Salchichas picantes

1.ª edición: febrero de 2026

Valentín Beato 21. 28037 Madrid
www.anayainfantilyjuvenil.com

ISBN: 978-84-143-4263-3
Depósito legal: M-22858-2025
Impreso en España - *Printed in Spain*

PAPEL DE FIBRA
CERTIFICADA

LEDICIA COSTAS

PIMPOLLO

Salchichas picantes

Ilustrado por Mili Koey

ANAYA

CAPÍTULO 1

Libertad para ser perro

En los últimos meses han ocurrido tantas cosas que parece que he vivido varias vidas: he sido un perro *influencer;* he visto cómo una ola se tragaba a mi humana y se la llevaba mar adentro; una garrapata se ha venido a vivir a mi cuello; he dejado de ser *influencer* y me he reconvertido en perro callejero; he conseguido tener una pandilla; he pasado hambre; me ha secuestrado una niña fan llamada Angélica; me he vuelto a hacer *influencer;* he logrado escaparme de

la casa donde estaba secuestrado; he vuelto a ser perro callejero y he recuperado mi pandilla.

—Y con la excusa del secuestro, has intentado librarte de mí mandándome a vivir a ese perro tan cochino de ahí —replica mi garrapata.

Se llama Superferolítica y la odio y la quiero con las mismas fuerzas. No me hace falta verla para saber que está señalando a Gordon, el perro menos limpio del grupo, por decirlo suavemente.

—Quirrís dicir qui ti hi silvidi li vidi il quinvincirti di qui siltisis il quilli di Guirdin… —contesta ella.

Me da igual que me haga burla. Los dos sabemos la verdad: Angélica tenía el plan de rociarme con un producto antipulgas y garrapatas y luego hacerla desaparecer para siempre por el desagüe de su lavabo. Lo que pasa es que no quiere reconocerlo porque sería como admitir que me debe un FAVOR. ¡Qué digo un favor! Me debe la vida.

—Tampoco te pases, colega —dispara la garrapata.

A veces se me olvida que puede leerme el pensamiento.

—Mirad, ¡un gato! —anuncia Flecha, interrumpiendo nuestra discusión.

No hay ningún asunto más importante que un gato en las proximidades. Me pongo en posición de ataque y empiezo a gruñir hasta que localizo al felino con la mirada. Pero resulta que no es un gato, es un bebé gato, que no es lo mismo. De hecho, no tiene nada que ver. Su pelo me recuerda al que yo tenía en mi primera época pimpolla, cuando vivía en una mansión con vistas al mar, una esteticista me limaba las uñas una vez al mes y usaba botines para no dañar mis almohadillas con el duro asfalto.

—Cuando eras un perro idiota, quieres decir —me suelta la garrapata.

—¡No hace falta insultar! —le grito. ¡Eso está muy mal!

—Pero ¿qué está haciendo con la pata trasera levantada? —pregunta King Kong, concentrado en el bebé gato.

—¡Pipí! —contesta Flecha—. Nos está imitando y por eso levanta la patita. ¡Es muy mono!

Nos acercamos al lindo gatito con curiosidad. Si fuese un gato adulto,

ahora mismo estaríamos corriendo como locos, persiguiéndolo por toda la ciudad. Pero este es un bebé y los bebés nos encantan. Aunque sean de gatos.

—¿Dónde está tu mamá? —le pregunta Flecha.

—¡Guau! —contesta el micho.

—Pero ¿cómo que *guau?* —interviene King Kong—. ¡Querrás decir *miau!*

—Guau, guau —insiste el gatito, con voz de bebé adorable.

—¿Tu mamá se ha ido? —le pregunta Nova—. ¿La has perdido?

—Guau —contesta el micho.

Se me derrite el corazón. Yo también perdí a Eli, mi humana, que era como mi mamá. Esta criatura tan mona y yo tenemos muchas cosas en común. El pelo suave y esponjoso, los ojos brillantes, la vida callejera…

—No te flipes, Pimpollo, que tampoco es para tanto. —A mi okupa el gatito no le hace ni pizca de gracia.

—No me flipo, este bebé es adorable. Quiere ser como nosotros. Es todavía muy pequeño, estamos a tiempo de enseñarle a hacer las cosas bien y aceptarlo en nuestra pandilla. Podemos conseguir que aprenda a ser perro. ¡Será un gatiperro! —exclamo, convencido de que mi discurso acaba de ser histórico.

Pero cuando miro a mi alrededor, nadie me está prestando atención. Están todos babeando mientras el gatito intenta mover el rabo como un perro.

—¿Cómo te llamas? —le pregunta Nova.

—¡Guau!

—De acuerdo —anuncia Flecha, que es quien toma siempre las decisiones importantes en nuestra pandilla—. Tu nombre será Guau.

El gatiperro empieza a mover la cola y luego se lanza sobre Flecha y la llena de lametazos.

—Tu lengua es áspera como una lija —observa Flecha—. Pero lo que importa es la intención.

Acabamos de adoptar a un gatito en nuestra pandilla y estoy muy emocionado.

—¡Bienvenido al equipo! —le digo, con lágrimas en los ojos—. Perdón, es que estoy muy sensible.

Todos estamos encantados de que el grupo crezca. Bueno, todos menos Superferolítica, que quiere todo el protagonismo.

—No corráis tanto —nos frena la garrapata—. Digo yo que tendrá que pasar alguna prueba antes de formar parte de la pandilla. Tenéis que haceros respetar, no vale aceptar al primero que aparece.

—¿Poner a prueba a un gato? Eso puede ser divertido —dice King Kong.

Cuando empecé mis aventuras, después de perder a Eli, yo estaba solo. Pero me encontré

a Flecha y a Gordon, que me acogieron. Luego nos hicimos amigos de Nova y King Kong... Un momento, ¿dónde está Gordon?

Miro a mi alrededor y no lo localizo por ningún lado. Llevamos un buen rato sin verlo.

—¿Alguien ha visto a Gordon? —pregunto.

Y esa frase hace saltar la alarma. Gordon no está.

Nuestro amigo ha desaparecido.

CAPÍTULO 2

Marchando una de salchichas

—Gordon está zampando, como siempre —nos informa Superferolítica—. Lleva un buen rato siguiendo un rastro de salchichas. Ocurrió mientras vosotros babeabais con las maniobras ridículas del gatichucho intentando hacer pis con la pata levantada.

—¿Un rastro de salchichas? Eso solo ocurre en los cuentos, no en el mundo real —digo yo—. Esto no es *Hansel y Gretel.* Es la vida.

—Se le habrán caído a un camión de un carnicero que tenía las puertas traseras mal cerradas —apunta King Kong—. Eso puede suceder.

—Sí, en tus sueños —opina Nova.

No me convence nada esta teoría, pero lo importante es otra cosa: Gordon está poniéndose morado de salchichas y nosotros no.

—A mí esto me suena sospechoso.

Flecha tiene razón, pero mis tripas rugen y solo puedo pensar en salchichas, salchichas y salchichas.

—¡Vayamos a buscar a Gordon! —exclama Flecha—. Guau, tú síguenos.

Empezamos a olfatear el suelo siguiendo el rastro de Gordon. No es muy difícil. Gordon es nuestro amigo, pero huele regular.

—¿Regular? De eso nada. Gordon apesta —puntualiza Superferolítica—. He vivido unos días entre su pelo. Sé de lo que hablo.

Me alegra mucho que mi trufa esté en forma. En mi primera época pimpolla, cuando vivía en la mansión con Eli, no era capaz de distinguir el olor de una zapatilla del olor de una trucha. Pero desde que me mudé a la calle, algunas cosas han cambiado para mejor.

—Tu pelo no es una de ellas —me recuerda la garrapata.

—Gracias por recordarme una y otra vez que he perdido mi pelazo. Eres un encanto.

—¡Lo sé!

—Me caes muy mal, ¿sabes?

—Yo también te adoro —contesta ella, que siempre quiere tener la última palabra.

Mis tripas rugen, pero no por el pestazo que deja Gordon, sino por la idea de poder comer salchichas. Cuando vives en la calle, escasean las oportunidades para alimentarse bien.

Guau nos sigue e intenta imitarnos, arrimando su naricita al suelo.

—Se hace así, mira —le indica Flecha, explicándole cómo olfatear con éxito—. Venga, inténtalo. Esta es tu primera prueba. Localizar a Gordon.

Pero el punto fuerte de Guau no es el olfato. Aun así, no se rinde y hace un esfuerzo por replicar nuestros movimientos.

Seguir el rastro de un animal es sencillo para un perro: solo tienes que concentrarte en los olores que hay en el suelo, distinguir aquel que te recuerda a esa criatura que quieres localizar, ya sea humano, gato o cucaracha, y no perderlo. Como si avanzases agarrando una cuerda que te sirve de guía.

Localizamos a Gordon en un periquete, aunque no gracias a la ayuda de Guau, que no da una.

Está en un parque, roncando junto a un árbol. De las salchichas, ni rastro.

—¿Qué? ¿Durmiendo la siesta después de la comilona? —le echa en cara King Kong con su vozarrón.

Gordon abre un ojo y nos observa sin moverse.

—Creo que he comido demasiado —nos informa.

—Aún encima cachondeo —protesta King Kong.

—Gordon, ¿por qué no nos avisaste de que había comida? —quiere saber Flecha.

Pero todos sabemos la respuesta: Gordon, cuando tiene delante un alimento, se ciega y no existe en todo el universo nada más que ese alimento. Si un meteorito estuviese a punto de caer sobre una *pizza* cuatro quesos, Gordon se lanzaría a por ella y explotaría debajo del meteorito. Pero con la panza llena.

—Creo que voy a vomitar —anuncia, justo antes de echar la pota.

—Se ha atiborrado a salchichas y ahora nos lo restriega —protesta King Kong, que está indignadísimo.

—Estaban picantes —nos cuenta Gordon, antes de volver a potar—. Muy picantes.

—Guau —dice Guau, haciéndole una caricia con una patita.

El asunto no mejora en la hora siguiente. Gordon vomita once veces, tiene el blanco de los ojos de color rojo y no es capaz ni de mover la cola para espantar moscas.

—A mí esto no me parece un empacho —comenta Nova—. Gordon se ha puesto enfermo.

Esto es un gran problema. Cuando vives en una casa con un humano y te pones malito, te llevan al veterinario, te dan medicinas y mimos y te recuperas. Pero cuando eres un perro callejero, los problemas de salud se complican.

—Mira, Gordon, ¡una carretilla abandonada llena de hamburguesas! —se inventa King Kong.

Nuestro amigo vuelve a echar la pota al escuchar la palabra *hamburguesas*.

—Confirmado, está enfermo de verdad —dice King Kong.

No sabemos qué hacer. Qué impotencia ver a un amigo así y no poder ayudarlo.

—Hey, perritos. ¿Va todo bien?

La que nos ha hablado es una humana. Ninguno de nosotros le gruñe porque parece una humana amable y no una de las que odian a los perros. Por eso y porque estamos demasiado preocupados por Gordon. Necesitamos la ayuda de una persona y cuando vives en la calle esto no es tarea fácil.

—Ya veo, vuestro amigo está pocho. ¿Me dejas ver si va todo bien? —le pregunta la humana a Gordon, agachándose junto a él.

Parece que sabe lo que hace. Es cariñosa y atenta.

—Me temo que es otro caso de envenenamiento —susurra—. Lo siento mucho, amiguitos.

—Ups —dice Superferolítica.

Y nadie más añade nada porque las palabras se nos atascan en la garganta.

CAPÍTULO 3

Lecciones perrunas

Algunos humanos merecen la pena. Como Eli, mi primera humana. La echo mucho de menos. Ojalá volvamos a vernos; yo no pierdo la esperanza. Seguro que vive en una isla tropical y está esperando a que la rescaten con un yate o con un barco velero de ensueño.

—Pues yo espero que eso no ocurra —me suelta la garrapata—. Me parece a mí que la tal Eli no me aceptaría.

Esta humana que está ayudando a Gordon también merece la pena. Ha llamado por teléfono a un amigo veterinario y se lo va a llevar en coche para que lo examine.

Cuando la humana coge a Gordon en brazos siento una pena muy grande. Es un perro cochino, es verdad. Pero también es alegre, simpático y siempre está de buen humor. Cuando un perro está enfermo, se le apaga la mirada y la cara se le pone muy triste. Y cuando un amigo está triste, tú también te pones triste.

—Es el cuarto perro esta semana —nos cuenta la humana, colocando a Gordon en el asiento trasero de su coche—. Os prometo que haré todo lo posible para devolvéroslo sano y salvo.

Se agacha para acariciar la cabecita de Guau.

—¿Y tú qué haces aquí? ¿Has perdido a tu mamá?

Todos clavamos la mirada en Guau, que se da cuenta y corrige su respuesta:

—Guaaau.

—Este animal es un impostor —opina la garrapata.

—Volveré aquí con vuestro amigo cuando esté fuera de peligro —nos informa la humana, agarrando el volante—. Si veis salchichas, no se os ocurra comerlas. ¡Es una trampa!

El coche arranca y ninguno de nosotros se queda quieto. Empezamos a correr detrás del vehículo lo más rápido que podemos, pero llega un momento en que nos saca demasiada ventaja y le perdemos de vista en el horizonte.

Tengo ganas de llorar. Gordon acaba de marcharse y ya echo de menos su olor.

—¿Echas de menos su olor a caca? —me pregunta la garrapata—. ¡Anda ya! Mira que eres peliculero.

—Sé que la palabra *envenenado* suena fatal y da mucho miedo, pero se va a recuperar —intenta tranquilizarnos Flecha—. Gordon es muy fuerte y esa humana lo va a ayudar. Acercaos, venga —añade, poniéndose en el suelo boca arriba.

Nos lanzamos sobre ella y nos revolcamos en el suelo. Es nuestra forma de abrazarnos y de decirnos que todo va a salir bien.

—Guau —dice Guau.

Está un poco alejado del grupo, observándonos sin saber qué hacer.

—¿Qué os parece si, mientras esperamos a Gordon, le enseñamos un poco a Guau a ser perro? —propone Nova.

—Una idea estúpida —contesta Superferolítica.

Pero fingimos no oír su comentario.

—Primera lección: ladrarle a un humano para marcar quién de los dos manda —le indica Flecha—. Es mejor empezar con uno de tu tamaño.

Nos sentamos en el parque, esperando a que pase algún bebé. Los parques son lugares bastante animados, siempre hay algo que hacer: un grupo de palomas a las que asustar, un lagarto al que perseguir, una pelota que aparece por sorpresa… En el parque nunca te aburres.

—Ahí se acerca tu primera víctima —anuncia King Kong.

Es una chica que está ayudando a que su bebé camine. La niña necesita la mano de su madre para sostenerse en pie.

—¡Es perfecta! —exclama Flecha—. Venga, Guau. Cuando se aproxime, te pones delante de las dos y empiezas a ladrar. Tienes que parecer seguro, ladrar con fuerza y demostrarle que el parque es tu territorio.

—Vaya pérdida de tiempo —protesta la garrapata—. Lo que teníamos que estar haciendo es buscar al que ha puesto la trampa de las salchichas envenenadas y vengar a Gordon.

Superferolítica está celosa porque le hacemos más caso a Guau que a ella y necesita ser el centro de atención todo el rato. Pero ¿y si lleva razón? Gordon está en peligro y nosotros, mientras él lucha por su vida, estamos aquí, divirtiéndonos.

—Venga, Guau —lo anima Nova—. ¡Ladra ahora!

—Miaaaaaau, miaaaaau, miaaaaau.

Los maullidos de Guau me devuelven a la realidad. Está delante del bebé, rozándose contra sus piernas regordetas. Menudo truco, es imposible resistirse.

—Pero qué cosita tan mona —comenta la madre, haciéndole carantoñas a Guau—. ¿Has perdido a tu mamá?

—¡Miaaaau! —contesta Guau.

Flecha se echa las patas a la cabeza, Nova resopla y King Kong eructa, que es lo que haría Gordon si estuviese aquí. Supongo que es una forma de tenerlo presente. Un emotivo homenaje.

—Pero ¿qué haces? —le pregunto a Guau—.

El trato era que tenías que ladrar, no maullar. Eres un gatiperro, ¿recuerdas?

—¡Fuera, chucho! —me riñe la madre—. No seas abusón, deja tranquila a esta cosita tan mona.

El bebé rompe a llorar y la madre la coge en brazos y limpia sus lágrimas.

—Te ha asustado ese perro malo, ¿verdad?

—Eh, ¡señora! —protesto—. Que yo no soy malo. ¡Soy Pimpollo, el perro dos veces *influen…!*

—Más bien eres Pimpollo, el perro dos veces pringado —puntualiza Superferolítica.

—Déjalo ya —me aconseja Flecha—. Cuanto más ladres, más la vas a liar. Eres un perro callejero, nadie escucha a los que vivimos en la calle. Somos como las farolas, que están ahí pero nadie repara en ellas.

—Pero él también es callejero —replico, observando cómo Guau recibe mimos y arrumacos de la madre del bebé.

—Es un bebé y ella, una mamá. Nadie puede luchar contra eso.

Entonces, mi trufa detecta un olor familiar. Un olor que casi había conseguido olvidar. Es el olor de los edredones con mi cara, los cojines con mi cara, el reloj despertador con mi cara... ¡Nooo! No puede ser. Es, es, es...

CAPÍTULO 4

Angélica

—¡Es Angélicaaa! —grito, aterrorizado—. Tenemos que irnos de aquí YA. ¡Corred!

Empiezo a darle gas a mis patas en dirección contraria al olor de esa niña secuestradora. El resto de la pandilla viene detrás, Guau incluido, aunque no es capaz de seguir nuestro ritmo. Pero yo no puedo frenar, tengo mucho miedo. Vienen a mi mente aquellos días en la casa de Angélica, cuando me atiborraba a potingues y me ponía esos lazos tan horteras. Me sentía como un muñeco en lugar de un perro. Lejos de mi pandilla y de mi garrapata, sin poder salir a la calle sin arnés. Me están entrando sudores.

Me tiembla todo, soy gelatina sobre una cuchara, un caracol cruzando las vías de tren…

—Ex Pimpollo, puedes frenar ya —me informa la garrapata.

—… La casa con el tejado de paja bajo el soplido del lobo, una ciudad en medio de un terremoto…

—Que pares, chucho. Que ya estamos a salvo de la niña diabólica.

—¿Seguro?

—De verdad. Frena ya, que se me está revolviendo la sangre del desayuno.

Miro a mi alrededor. Le he sacado mucha ventaja al resto de la pandilla. Cuando tienes miedo, corres más. Me siento a esperarlos escondido detrás de un árbol. Tardan un montón en llegar. Tanto, que empiezo a preocuparme.

—¿Los habrá secuestrado a ellos?

—Lo dudo. Angélica nos odia. Solo te quiere a ti —me dice mi garrapata.

Me recorre un escalofrío.

Mis amigos tardan un buen rato en aparecer. Me da tiempo a dormir una siesta, espantar moscas, perseguir un pájaro y devorar un resto de bocadillo de mortadela que alguien ha tirado al suelo. ¡Qué lejos quedan aquellos días en los que comía en los cuencos de porcelana que me compraba Eli!

¡Por fin! Acaba de llegar la pandilla.

—Estaba empezando a ponerme nervioso, ¿por qué habéis tardado tanto?

—King Kong ha escuchado a unos humanos que hablaban de los envenenamientos y nos hemos quedado a espiar —me informa Nova—. Los casos empezaron hace dos semanas. Provocan vómitos, diarreas y… cosas peores —añade, bajando un poco la voz.

—¿Qué son cosas peores? —pregunto, aterrorizado.

—Hay dos perros en estado grave —contesta Flecha.

Pienso en Gordon y se me escapa un suspiro de pena.

—Pero ¿por qué los humanos hacen eso? —les digo—. Nosotros no hacemos nada malo, solo nos buscamos la vida como podemos.

—Hay humanos que nos odian —añade Nova.

—Y no nos respetan —dice Flecha—. Ni a nosotros ni al resto de animales.

—¡Pues que les den morcillas! —grito, indignado.

—Mejor que les den salchichas —dice Superferolítica—. Salchichas picantes.

Nos partimos de risa con el chiste de mi garrapata. A veces es maja. Pero solo a veces. Entonces, en ese instante, cuando escucho la palabra *picantes*, un recuerdo se cruza en mi mente. En él aparece Angélica, zampándose un perrito caliente con medio bote de kétchup, otro medio de mostaza, un chorretazo de mayonesa y muchísima salsa picante. Su comida favorita son las salchichas. Las salchichas picantes. ¡Me va a dar algo!

—Ya sé quién está detrás de los envenenamientos —anuncio, con el corazón latiéndome a toda velocidad.

—Maldita niña diabólica, ¿cómo no caímos antes? —comenta mi garrapata, que me ha leído otra vez la mente.

—¡Claro, es Angélica! —grita Nova—. Por eso estaba en el parque.

—¡Pues se va a enterar! —exclama Flecha—. Esto no va a quedar así. Vamos a vengar la dignidad de Gordon y la de todos los perros de esta ciudad. ¡Todos a una!

No tengo ni idea de lo que hay que hacer ahora para completar ese grito de guerra, así que muevo el rabo, ladro y saco la lengua. Es que estoy tan nervioso que solo puedo pensar en Angélica.

—¡Auuuuuuu!

CAPÍTULO 5

La envenenadora de perros

—Tenemos que volver al parque y seguir a Angélica hasta conseguir pruebas de que ella es la envenenadora de perros —dice Flecha.

Socorro. Yo no pienso acercarme a esa niña otra vez.

—Somos perros, no detectives —opina King Kong—. ¿Cómo vamos a hacer eso?

—Si ella es la envenenadora, llevará pruebas encima. Solo tenemos que localizarla y conseguir llamar la atención de algún humano —explica Flecha.

—Te olvidas de que somos perros callejeros —contesta King Kong—. Tú misma lo dijiste, Flecha. Los humanos no nos respetan.

—¡Pues hay que intentarlo! —insiste—. Lo primero es localizar a esa niña. La espiamos y luego decidimos cómo proceder.

—No lo permitiremos —me asegura Flecha—. ¿Verdad que no? —le pregunta al resto de la pandilla.

—Te esconderás en un lugar seguro desde donde puedas ver todo, pero sin que ella pueda verte a ti —propone Nova—. Confía en nosotros.

—Venga, chucho —me anima Superferolítica—. No tenemos nada mejor que hacer. Anímate, no seas soso.

—Guau —dice Guau.

—El que faltaba —protesta la garrapata.

Todos nos reímos, no sé muy bien por qué. Supongo que es una manera de decirnos «lo importante es permanecer unidos».

—¡A por Angélica! —grita Flecha.

—¡A por Angélica! —repetimos todos.

Y echamos a correr en dirección al parque, siguiendo su rastro.

No es difícil localizarla porque usa la colonia de Las Lolis, que huele fatal. Un perro la detecta a kilómetros.

Nos escondemos detrás de unos setos. Está jugando en un columpio mientras su abuelo lee el periódico en un banco.

—Mirad, lleva puesta la camiseta con la cara de Pimpollo —susurra Nova.

—Y con un número de teléfono debajo de las palabras «SE BUSCA PERRO PERDIDO» —añade Nova.

Yo trago saliva. Esto es peor de lo que imaginaba. Me está buscando y eso hace que me tiemblen las patitas. Lo que no entiendo es qué tiene que ver eso con las salchichas envenenadas. ¿Y si nos hemos equivocado? ¿Y si no es ella la responsable y la hemos acusado injustamente?

Un señor se acerca a hablar con el abuelo de Angélica y ella se baja del columpio y coge su mochila. Se aleja de manera sospechosa, aprovechando que el abuelo está distraído.

—Vamos, es importante que no la perdamos de vista —dice King Kong.

La seguimos, pero manteniendo la distancia, lejos de su mirada. Estoy muy alterado, me están entrando ganas de hacer caca. Angélica se detiene en una zona llena de hierba, donde solemos ir a correr los perros, y abre su mochila. Saca una bolsa llena de salchichas y las va tirando al suelo con cuidado de que nadie la vea.

—¡Os lo dije! —comenta Flecha.

—¡Chssss! —la manda callar Superferolítica—. Dejadme escuchar lo que dice.

Los perros tenemos muy buen olfato, Guau puede presumir de contar con una vista prodigiosa y mi garrapata de un oído finísimo. Gracias a eso nos hace de intérprete, repitiendo la melodía que está cantando Angélica:

—Tralaralarita, traigo mis salchichas, tralaralarita, son una trampita…

—Esta niña es muy peligrosa —comenta Nova.

—Tralaralarita, quiero a mi Pimpollo, tralaralarita, dulce como un bollo.

—Te quiere comer —me dice King Kong—. Esa niña está sembrando salchichas por todas partes para ver si pruebas una y te encuentra en las últimas.

—Claro, así fingirá haberte salvado y le deberás la vida —añade Nova.

—Y de ese modo no querrás irte de su lado —concluye Flecha.

—Guau.

Yo me hago pis. Estoy aterrorizado.

Me entran unas ganas irrefrenables de aullar. Pongo boca de pez y me dispongo a soltar un aullido colosal. No pienso en que eso pueda alertar a Angélica, que me descubrirá y podrá terminar con éxito su plan perverso. Me da igual, necesito liberarme. Uno, dos…

CAPÍTULO 6

Un plan perfecto

He de reconocer que mi garrapata es bastante lista para tener un cerebro del tamaño de la punta de un alfiler. Supongo que alimentarse con mi sangre hace que le contagie un poco de mi inteligencia. Qué pena que no se le pegue también algo de mi belleza natural.

Angélica se pasa un buen rato colocando salchichas picantes en lugares estratégicos. Nosotros nos encargamos de avisar a los perros de la zona para que no las coman. No queremos que nadie más acabe en el veterinario, como Gordon. Hace horas que la humana se lo llevó y no tenemos noticias. Es muy duro estar incomunicados, pero no podemos hacer nada.

—Sí podemos —me corrige la pelma de mi garrapata—. Cazaremos a esa niña. Parece que por fin vas a ser útil, gatichucho —añade, dirigiéndose a Guau.

—¿En qué estás pensando? —le pregunta Nova.

—Si este bicho quiere formar parte de nuestra pandilla, tiene que demostrar que es de los nuestros —contesta Superferolítica—. Gatichucho, ¿eres de los nuestros o no?

—Pues entonces tienes que acercarte a Angélica y hacer justo lo mismo que llevas haciendo todo el día.

Nadie entiende adónde quiere llegar Superferolítica.

—¡Hay que explicároslo todo! —se chulea—. El gatichucho, cada vez que ve un humano, empieza a maullar y pone cara de bebé gatito abandonado para que le pregunten si ha perdido a su mamá.

—Es que es un bebé abandonado que ha perdido a su mamá —razona Flecha.

—Lo que quieras. Pero se supone que tenía que demostrar que quiere ser perro y, hasta ahora, solo ha demostrado que está deseando que alguien lo adopte.

—Miaaaau, miaaaau —dice Guau.

—Céntrate, gatichucho. Si de verdad quieres formar parte de esta pandilla, acércate a Angélica, empieza a maullar dando mucha pena, y frótate contra sus piernas para que te acaricie y te coja en brazos. Mientras tú la distraes, Flecha, que es la más rápida del grupo, robará su mochila. Y luego nos encargaremos de entregársela a un humano.

—Me has impresionado —reconoce Flecha.

Todos aplaudimos el plan de mi garrapata.

—No sé si saldrá bien, pero estoy orgulloso de ti —le digo.

Ella no dice ni mu, pero quiero pensar que se ruboriza un poco con lo que acabo de decirle.

—Venga, gatichucho, ha llegado la hora. Saca tus repugnantes encantos y haz babear a esa niña. Es la prueba de fuego. ¡Más te vale esmerarte!

Nos quedamos agazapados detrás del seto. Angélica continúa sembrando salchichas por el parque. Guau se acerca a ella y le dice:

—¡Miaaaaau, miaaaaaau!

La niña no se inmuta. Mira al gato de reojo y continúa con su tarea.

—No contábamos con su corazón de piedra —susurro.

—Vamos, gatichucho —lo anima la garrapata—. Sé que puedes conseguirlo. Si existe una criatura en este mundo más embaucadora que Angélica, esa eres tú.

—¡Miaaaaau, miaaaaaau! —insiste Guau.

Se acerca a las piernas de Angélica y se refriega contra ellas.

—Es su mejor truco, no puede fallar —comenta Nova.

Pero la niña sigue a lo suyo y no le hace ni caso a Guau.

El gatiperro no sabe qué más hacer, todo está fallando. Maldita sea, teníamos que haber imaginado que no iba a ser tan fácil. Todo se está desmoronando.

Entonces, Guau mira fijamente a Angélica y le dice:

—Guau.

—¿Qué has dicho? —pregunta ella, prestándole toda su atención—. Repite eso.

—¡Guau, guau!

Angélica se derrite como un helado de tres bolas a pleno sol.

—¡Pero qué cosita tan mona! —exclama a todo volumen, con un montón de corazones volando sobre su cabeza—. ¿Has perdido a tu mamá?

—¡Guau!

Angélica se agacha para acariciarle el lomo, deja su mochila en el suelo y lo coge en brazos.

—¡Ahora, Flecha! —la animo.

La perra sale disparada y vuela hasta la mochila, la agarra con los dientes y regresa a nuestro escondite a semejante velocidad que,

si tuviese manos, le aplaudiría. La niña se dirige a nosotros sin soltar a Guau y grita:

—¡Devuélveme eso, perra ladrona!

—¡Que viene, que viene! —Me va a dar un soponcio.

Echamos a correr a toda pastilla, dejando atrás a Angélica. Ahora mismo lo importante es alejarnos y ponernos a salvo; ya habrá tiempo de preocuparnos por Guau.

—¿Preocuparnos por Guau? —me suelta la garrapata, en medio de la huida—. Nadie tiene que preocuparse por ese bicho. Eso es lo mejor del plan.

En este momento no sé qué quiere decir Superferolítica, ya tendré tiempo de reflexionar. La prioridad es escapar de las garras de esa niña.

—¡Pimpollooooooo! —escucho en la distancia.

Pero su voz es un eco tan lejano como el aroma de Las Lolis.

CAPÍTULO 7

Una actriz estupenda

A veces los planes salen fatal y otras veces, la suerte te sonríe. Esto es lo que pienso cuando vemos el coche de la humana que se llevó a Gordon aparcando delante del árbol donde lo encontró.

—¿Viene ella sola? —pregunta King Kong, dando saltitos—. Decidme que Gordon está en el asiento de atrás.

¡Qué difícil es controlarse en una situación como esta!

—Calma —dice Nova—. Es una buena señal que esté aquí.

La humana se baja del coche, abre la puerta de atrás y Gordon sale disparado hacia nosotros.

—¡Amigoooo! —gritamos. Y nos revolcamos en la hierba.

Detecto un olor que no consigo identificar. Gordon se frota el lomo contra el suelo, se sacude, busca tierra para embadurnarse. Me alegra mucho que esté de vuelta con nosotros.

—No lo había pasado tan mal en toda mi vida —nos cuenta Gordon—. No imagináis lo que me han hecho. Me han, me han, me han... Me han bañado —dice por fin.

¡Claro! Ese era el olor extraño. Hacía años que una esponja con jabón no tocaba el cuerpo de Gordon.

—Vuestro amigo ha sido muy valiente —nos cuenta la humana—. Ha pasado unas horas críticas, pero lo hemos cogido a tiempo. Ahora solo falta saber quién es el responsable de todo esto.

En ese momento, Flecha se acerca a la humana con la mochila en la boca.

—¿Qué me traes aquí? ¿Un regalo para mí?

La humana lee en voz alta el nombre y los apellidos de Angélica, que están escritos a mano junto a un número de teléfono en una tarjeta plastificada que trae la mochila.

—¿Angélica es una amiga vuestra? —pregunta mientras la abre.

Dentro encuentra la bolsa llena de salchichas. También hay carteles de «se busca perro perdido» con mi foto, un bote de salsa picante, una jeringuilla, un potingue que provoca diarreas y un frasco de Las Lolis.

—Ahora entiendo todo. Sois increíbles —nos dice la humana—. Vamos a solucionar esto.

La humana llama por teléfono y contesta el abuelo de Angélica, que está en el parque.

—Su nieta ha perdido la mochila y la he encontrado yo —disimula la humana—. Pero no le diga nada, le daremos una sorpresa. Se va a poner muy contenta. Estoy junto al castaño centenario. Les espero aquí.

¡Qué bien lo ha hecho la humana! Es una actriz estupenda. Pero yo tengo pavor, porque en cuanto Angélica me vea, me va a intentar secuestrar de nuevo. Me escondo debajo del coche de la humana y me quedo ahí, agazapado.

Desde aquí abajo solo veo pies, pero escucho todo lo que ocurre.

—¿Dónde está mi perro? —Oigo la voz de Angélica al cabo de unos minutos—. ¡Pimpolloooo!

Yo estoy temblando y no pienso moverme de aquí abajo.

—Su nieta ha hecho algo muy grave —informa la humana al abuelo—. Esta mochila es la prueba de que ha estado envenenando perros en el parque. ¿No han notado en casa que les faltan salchichas?

—Pues ahora que lo dice…

—Este animal ha estado muy grave. Y como él, otros.

—Ese perro inmundo y esa pandilla saben dónde está Pimpollo. ¡Me lo han robado! —los acusa Angélica.

—Cariño, ¿es verdad lo que dice esta chica? ¿Has estado envenenando perros? —le pregunta su abuelo, cariñosamente.

—No exactamente. Solo les he puesto un poquito de esto y un poquito de lo otro con un chorretón de salsa picante. Lo justo para dejarlos fuera de juego unas horas. En cuanto Pimpollo se coma una de estas salchichas, lo encontraré, tirado en algún rincón, y lo cuidaré.

Socorro.

—Tranquilo, chucho —me dice la garrapata—. Está todo controlado. La humana va a arreglarlo todo.

Superferolítica no se equivoca. Esta garrapata es una pasada.

—Tiene que hacerle entender a su nieta que lo que ha hecho es horrible. Como defensora de los animales y amiga de todos estos perros, le recomiendo que ayude a su nieta. Ponga fin a todo esto. Deberías sentirte avergonzada, Angélica —añade—. Ha podido ocurrir una desgracia.

Ella no contesta, pero la oigo sorberse los mocos. Me parece que está llorando, pero no me da pena.

—Y ahora, si me disculpa, me voy con mis amigos a merendar. Se lo han ganado.

—¡Guau! —dice Guau, saltando de los brazos de Angélica.

Se mete conmigo, debajo del coche, y me da unos lametazos en la cara. Qué gustito.

Angélica y su abuelo se marchan, pero todavía no me atrevo a salir de mi escondite. Flecha me da con sus patas de manera cariñosa y me animo a asomar la cabeza.

—Ya no corres peligro —me tranquiliza la humana, acariciándome la cabeza—. Puedes salir.

Nova corre detrás de otro perro, Gordon se está rebozando en una montaña de excrementos y mi garrapata está presumiendo de lo inteligente que es.

—Es que lo soy.

Pero lo mejor de todo es que la humana quiere llevarnos de merendola.

—Venga, todos al coche —nos dice, abriendo la puerta trasera.

Nos amontonamos como podemos y aguantamos las ganas de potar. Gordon apesta. Todo vuelve a la normalidad.

—Por cierto, mi nombre es Carlota. Y si queréis, os adopto. Tengo una casa con un jardín para correr. Pero os dejaré el tiempo que necesitéis para pensarlo. La decisión tiene que ser vuestra.

Me entran ganas de llorar de emoción. Desde que perdí a Eli, es la primera vez que encuentro una humana que nos respete.

—¡Guau! —dice Guau.

—¡Guau, guau! —añadimos todos.

Y así, emprendemos una aventura hacia el futuro. Esta vez, la vida nos sonríe. Por un instante, me parece escuchar la voz de Angélica gritando mi nombre, pero no estoy seguro de si ha ocurrido de verdad o ha sido producto de mi imaginación.

Ahora solo quiero disfrutar de la oportunidad que nos ha dado Carlota.